INHALT

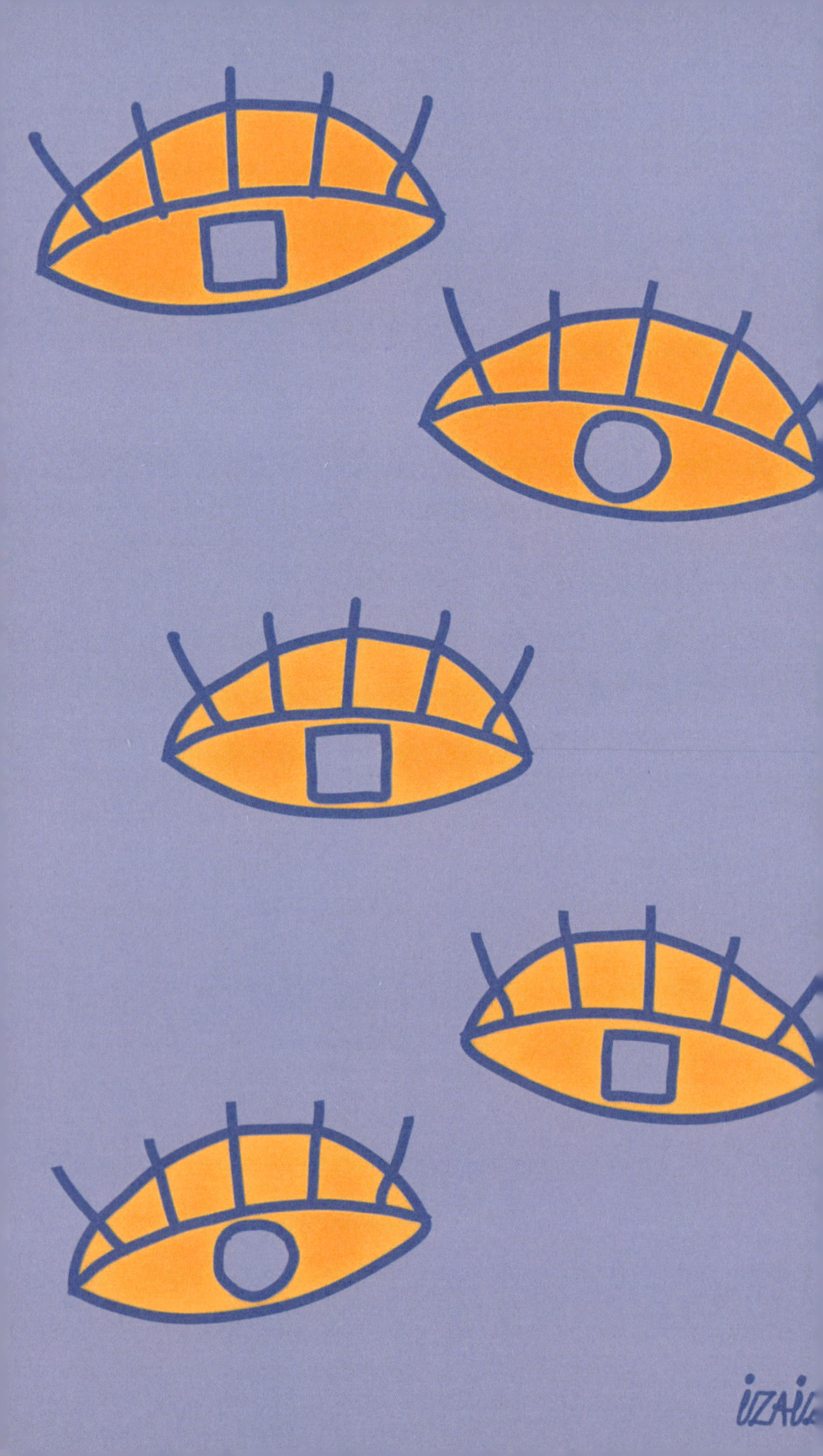

Prolog

Kleine Auswahl an Sätzen, die ich aufgrund meiner Hautfarbe schon mal gehört habe:

Im Gym
»Falls Du irgendwann mal Hilfe brauchst oder was zum Essen, ich bin wohlhabender Rentner.«

Auf einer Hochzeit
Älterer, fremder Mann zu meinem Freund: »Wo haste die denn her? Aus'm Urlaub?«

Vor dem Supermarkt
Älterer, fremder Mann zu meinem Freund: »Ich hab meine Frau auch aus dem Katalog – kann ich echt nur empfehlen!«

Vor einem Aufzug
Betrunkener, jüngerer Mann: »Schei* N***er, du kommst hier nicht rein!«, sein Freund will seine Ehre retten: »Er meint es nicht so, er ist betrunken.«

In der Grundschule
Meine Mutter bat meinen Lehrer um ein Gespräch, weil wir das Lied »10 kleine N****lein« gesungen hatten. Er fand ihre Kritik übertrieben: »Das hat man doch schon immer gesungen.«

Andere Eltern
Die Mutter einer Freundin meinte: »Sie hat es später bestimmt sehr schwer, mal einen Freund zu finden.«

Erster Tag im Ferienjob
Mir wurde meine Aufgabe erklärt. Als ich nichts weiter dazu sagte, begann die Person noch mal von vorne – in gebrochenem Deutsch: »Du legen Scheiben auf Blech!«

Bei der Wohnungssuche
Kurz vor meinem Studium suchte ich ein neues Zuhause. Der Makler führte meinen Vater und mich in eine Wohnung, die von einer älteren Frau vermietet wurde. Nach der Besichtigung hörte ich, wie sie zum Makler sagte: »Ich möchte nicht, dass solche Leute hier wohnen!«

Als freie Mitarbeiterin einer Tageszeitung
Ich sollte über eine Veranstaltung im Kloster

schreiben und unterhielt mich dort mit einigen Nonnen. Eine meinte: »Sie sprechen aber gut Deutsch.«, ich antwortete: »Ich bin hier geboren.« Sie wiederum: »So richtig fließend!«

In diesen Momenten, da mir der Alltagsrassismus ins Gesicht lacht und ich mich nicht dazugehörig fühle, kann ich meist nur schweigen. Es kostet mich unendlich viel Kraft, für mich einzustehen, mich zu verteidigen oder zu erklären. Also bleibe ich still und zurück mit einem Unbehagen, das größer und größer wird. Nie zuvor hatte ich so sehr das Bedürfnis, dieses innere Unbehagen zu teilen – um überholte gesellschaftliche Prägungen zu überwinden, um Vielfalt und Anderssein eine Stimme zu geben und vor allem, um ein tieferes Verständnis füreinander zu fördern. Alle, die in diesen Tagen laut und mutig sind, lassen mein Herz hüpfen. Also versuche ich, es selbst auch zu sein.

Ich lade Dich ein auf eine Lesereise, die inspiriert wurde von meinem eigenen Unbehagen und vom Begriff der epistemischen Ungerechtigkeit, definiert nach der britischen Philosophin Miranda Fricker (Quelle: s. vorn).

Irgendwie anders

A short story of a random life

Sie kam friedfertig auf diese Welt. Blieb eine Weile und verließ sie völlig kaputt. Um nicht aufzufallen, war sie leise und war sie doch mal laut, wurde sie vor die Tür gesetzt. Mute – sagte die Welt. F*ck – sagte die Seele. Zu bi für konventionell. Zu angepasst für originell. Zu dunkelhäutig fürs Dorf und doch zu hell für einen ganzen schwarzen Kontinent. Warum nur bist Du so wütend, Kind – fragt Mama. Zwei Seelen, ach! Nicht so wichtig. Ciao. Und dabei hätte es schön werden können.

Euphorie einer Eule

Dein Tag ist meine Nacht. Sanftes Schweigen liegt über dem Dunkel, während beständiges Leuchten die Finsternis durchbricht. So viel Lumen nur für mich! Tanzen? Go for it. I enjoy my lonely quiet orbit. Und so sonne ich mich im Glanze meiner selbst, denn da ist Raum für mich zum Atmen, während alle schlafen. Mond, Sterne, Stille! Alles so schön friedlich hier. Mir ganz allein gehören leere Straßen und jedes einzelne Blatt auf herbstlichen Wegen. Ich taumle vor so viel Freisein bin ich gar nicht gewohnt. Nimm dies, Lerche!

Sorry for not being Beyoncé

Ob ich singen kann, nein.
Tanzen eigentlich auch nicht so herausragend.
Ja, meine Locken. Ja, meine Hautfarbe. Aber nein, ich kann gar nicht so gut Englisch und aus Amerika komme ich auch nicht.
Brasilien? Nein. Aber der kleine pfälzische Ort, in dem ich aufgewachsen bin, der fängt auch mit B an. Nah dran!

Anders

Hi, ich bin anders.
Cool, ich auch.
Hey, lass uns doch zusammen unterschiedlich sein.
Ja, lass uns abweichend von den anderen sein.
Hm … Was aber, wenn uns dann keiner mehr mag?
Dann gehen wir.
Wohin denn?
Das Abseits soll ganz schön sein, hab ich gehört.
Mir wurde erzählt, es sei da sehr ruhig. Mancher fühlt sich dort sogar richtig einsam.
Aber wir sind doch zu zweit.
Ach, stimmt ja! <3

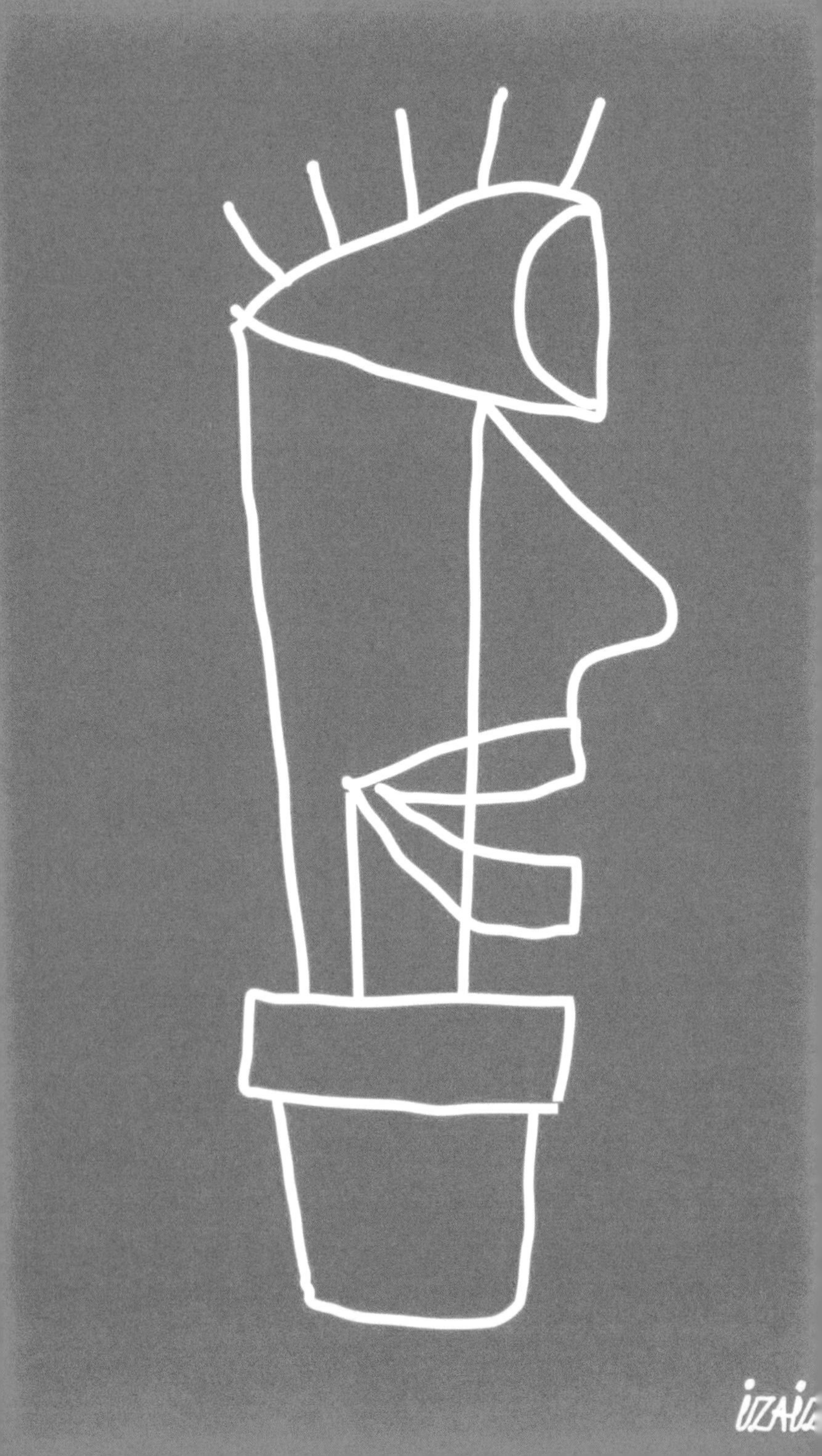

Kein Teil von allem

Systemausfall

So viele Worte kennen und doch nichts sagen können. So viel Liebe haben und doch die ganze Wucht des Hasses spüren. Ein halbes Leben meistern und den Bruchteil einer Sekunde nie wieder vergessen können. Eine Stimme etwas sagen hören und das Echo bis in alle Ewigkeit verdammen. Schei* N***er, Du kommst hier nicht rein. Nur ein paar Worte, die wie Kettensägen die Wirklichkeit zerstückeln.

Die Frage

Ich bin schon lange hier. Vermutlich länger als Du selbst. Und wenn ich doch hier geboren bin, gar nichts anderes kenne, genau wie Du, warum dann diese Frage? Diese Frage, die impliziert, dass es einen Unterschied gibt. Diese Frage, die ganz tief drinnen nachwirkt.

Ich gehe durchs Leben, will Wurzeln schlagen und werde doch wieder aus der Bahn geworfen. Von der Frage, die immer eine Schublade öffnet. Die unterste nämlich.

Ich mache so mein Ding, wie Du Deines machst und dann kommt die Frage, die noch mal genauer rausfinden will, ob ich auch wirklich so richtig dazugehöre. Oder eher doch nicht? Dann muss ich kurz auf meinem Weg innehalten, um ernsthaft darüber nachzudenken: Habe ich einen Migrationshintergrund? Ach ja. Da war was. Was heißt das jetzt? Warum ist das wichtig? Und genau wie Du möchte ich gerne Antworten haben.

A bit like Marla

Der Rahmen steht. Lasst uns sehen, was hineinpasst. Der Rest kann draußen bleiben, wo soll das ganze Zeug denn auch bitte hin? Ich bleib also draußen stehen und warte. Darauf, dass sich jemand meiner annimmt, was bisher nicht passierte. Gibt es noch Hoffnung? Der Rahmen steht. Stabil. Ich pass nicht rein. Ach, komm. Ich bleib einfach draußen – allein.

SOMM ER ENDE

Sommerende I

Die Jungs kamen mit ihrer guten Laune und ein paar Dosen Bier zum Eingang der Ortschaft, die weit hinter der Großstadt lag. Es war eine warme Spätsommernacht und die Luft roch angenehm nach Feigen und Pflaumen. Am Himmel stand ein ausgereifter Vollmond, der sich im sternenklaren Dunkel suhlte, wie ein fröhliches Kind im Badewasser und dabei zusah, was sich ereignete.

Nur wenige Tage noch, dann startete der Weinmarkt. Mit ihm würde eine Vielzahl von Fremden die kleine Ortschaft bereichern: Erntehelfer*innen, Tourist*innen, Weinkenner*innen, Weinliebhaber*innen, Weinverkäufer*innen, Journalist*innen, interessierte Menschen, die sich von der Qualität des diesjährigen Rieslings überzeugen wollten.

Die Medien würden über die Ortschaft berichten und sie ins strahlende Licht der Öffentlichkeit stellen. Alles war darauf vorbereitet. Die Besitzer*innen der Weingüter hatten Schilder an ihre Tore gehängt und Tafeln aufgestellt, die auf ihr vielseitiges Sortiment verwiesen.

Das Gerücht hatte sich verbreitet, der Jahrgang sei diesmal ein ganz besonderer, wegen des lang anhaltenden Regens im Juli und August. Und so warteten alle bereits gespannt auf den ersten edlen Tropfen: französische, italienische und spanische Gourmets, Vertreter*innen des Deutschen Weininstituts, der Wine Society, dem Gault&Millau. Vielleicht wäre der Wein des Jahres dabei? Ein solcher Titel würde dem Dorf Ruhm und Ehre bescheren – und damit neue Besucher*innen aus nah und fern.

Gäste des Örtchens wurden stets von der gusseisernen Statue am Ortseingang begrüßt. Der Pilger, so hieß sie, empfing Neuankömmlinge mit einer winkenden Hand und freundlichem Gesichtsausdruck. Er war ein Geschenk der Bürgermeisterin, die damit dem Gründer des Dorfes für immer ein Denkmal setzen wollte. Der Pilger war von sehr weit hergekommen und auf der Suche nach einem prosperierenden

Flecken Erde gewesen, an dem er sich niederlassen und einen kleinen Betrieb gründen konnte, einer, der Geld einbringen würde. Er hatte sich genau für das Gebiet entschieden, aus dem schließlich die Ortschaft entsprang. Er erkannte das Potenzial der Reben, die hier schon damals in Hülle und Fülle wuchsen und gediehen und so begann er in ganz großem Stil den Wein zu kultivieren. Mit Erfolg. Zum Dank hatte man also ein gusseisernes Abbild von ihm geschaffen und es auf einen Sockel gestellt, auf dem »Herzlich willkommen!« stand. […]

SOMM
ER
ENDE

Sommerende II

[…] Am meisten gespannt auf den diesjährigen Weinmarkt waren die Bürger*innen der kleinen Ortschaft selbst. Zu denen zählten auch die Jungs. Sie kamen sehr schnell überein, dass für ihr Vorhaben nur die Mauer auf der gegenüberliegenden Seite des Pilgers infrage kam. Sie wollten dem Gruß des Ortsvaters einen weiteren hinzufügen, einen, der für alle Eintrudelnden gut sichtbar war. Die Jungs lachten und prosteten sich zu. Sie beratschlagten, in welcher Farbe und Größe der Gruß erscheinen sollte und man entschied sich für Schwarz. Er sollte unbedingt in Großbuchstaben zu lesen sein, so würde keiner einfach so an ihm vorüberkommen. Man sollte ihn im Herzen tragen und lange Zeit nicht vergessen.

Die Jungs machten sich an die Arbeit. Sie gingen sehr bedacht und mit äußerster Präzision ans Werk. Immer wieder lief einer aus ihrem Kreis heraus und betrachtete das bereits Geschriebene mit einigem Abstand, um sicherzugehen, dass auch alles seine Richtigkeit hatte. Ihre Tätigkeit blieb nicht unbemerkt. Eine weitere Gruppe Jugendlicher stieß zu ihnen, assistierte und half ihnen, wo sie nur konnten. Ein älteres Paar mit Hund blieb stehen, um die Inschrift genau zu studieren. Zwei junge Mädchen fuhren mit ihren Fahrrädern vorüber, blickten einander unsicher an, bevor sie um die nächste Ecke bogen. Ein angeheiterter Mann hielt kurz in seinem Zickzackkurs inne und lachte, andere schüttelten nur den Kopf, ohne etwas zu sagen. Insgesamt schienen die meisten vorbeikommenden Menschen die Sache unbeeindruckt hinzunehmen und mit dieser Wirkung konnten die Jungs durchaus zufrieden sein.

Selbst der Pilger blieb, wie man ihn kannte: stets freundlich auf seinem Sockel und hob die Hand zum Gruße. Der Vollmond lachte hoch oben am Himmel.

Als die Jungs ihre Spraydosen wieder einpackten und drauf und dran waren, nach Hause zu gehen, blickten sie alle noch einmal zufrieden zurück auf die Mauer, an der stand:

»AUSLÄNDER RAUS!«

izaiza

Struggles

Selbstreflexion: zero

Ich so: ganz klein. Nie groß. Du so: voll groß. Nie klein. Wie. Kann. Das sein. Ich: für immer Dorf. Du: auf ewig Stadt. Ich: so unverschämt hungrig. Du: einfach pappsatt. Du: high. Ich: low. Du: unbekümmert. Ich: andauernd auf der Suche nach meinem inneren Glow. Ich: irgendwo. Du: ganz weit rechts.

Schattenriss

Immer ein bisschen besser. Immer einen Hauch schneller. Anstrengen, ohne dabei anstrengend zu sein. Mit Makellosigkeit glänzen und die Lücke schließen, die von Vorurteilen gerissen wird. Blasser sein, als man eigentlich ist und sich dabei ganz heimlich um das Wesentliche bringen: sich selbst.

People pleaser

Manchmal tust Du Gutes und wählst die 110, wenn irgendwo in Deiner Straße ein Auto Feuer fängt. Trägst fremde Kinderwagen endlose Stufen hinauf, verschenkst Deine Brötchen, wenn jemand kommt, der sie ernsthaft braucht. Du bist zum richtigen Zeitpunkt am richtigen Ort und tust, was getan werden muss. Du bist wie Wasser und passt Dich Anforderungen anstandslos an. Alles so eng getaktet, dass Zweifel erst gar nicht aufkommen können. Der Stein soll weiter rollen, get some Satisfaction – or not. Schließlich willst Du nicht der*diejenige sein, an dem*der alles scheitert. Dann, zu einer späten Stunde kommst Du endlich zur Ruhe, tust, was Dir Dein Herz kaum hörbar zuflüstert: träumen. dich im Moment verlieren. nichts. Und gerade als Du diesen Moment festhalten willst, bing! Der nächste Task. Für jemand anderen.

So schön homogen

Immer dem Strom hinterher, sicher ist sicher. 100! Mainstream, das bewährte Konzept. Das haben wir schon immer so gemacht, denn: never change a winning team. Bleib so, wo Du bist. Am Tellerrand. Und beim Drüberschauen besser schnell die Augen schließen, sonst kann's einem ganz schön anders werden. Wem gehört noch mal die Welt? Ach, ja: den Mutigen. Wo seid Ihr eigentlich? Not in da house actually. Dabei hatte ich heute eine Rose für Euch.

Warum bist Du so?

H – wie Hater

Du hasst Menschen, weil sie anders sind als Du. Willst nach oben, trittst nach unten und haust voll mitten rein. Ehrlich Digga, muss das sein? Du bereitest rundum Schmerzen. Demolierst Gefühle anderer, löst emotionale Tsunamis aus und feierst Dich dabei. Es gibt ein Wort, sag ich Dir, das hat Stil. Es nennt sich einfach: Mit-gefühl!

Changes

Das, was Du sagst, hatte seine Zeit bereits, heute aber ist das alles anders. Mach die Augen auf, mach sie ganz weit auf. Schau hin, sieh's Dir an. Auch wenn Du nichts davon verstehst, heißt das noch lange nicht, dass es nicht wichtig ist. Lass es Dir erklären. Vielleicht sogar von mir. Hörst Du mir denn auch zu?

Dein Kampf

Könntest Du doch nur spüren, was ich spüre, dann wäre meine Angst auch Deine. Du würdest Dich bedroht fühlen und aus Verzweiflung eine Festung bauen, die Herz und Seele vor Angriffen schützt. Du würdest lernen, Worte abzuwehren, nicht so ernst zu nehmen und sie irgendwann gar nicht mehr hören. Du würdest Krieger*in werden, ausgestattet mit Superkräften. Und trotzdem würdest Du Dir ein Heer an Deiner Seite wünschen, das stark ist, wenn Du es gerade nicht bist und Deine Festung brüchig wird, von einer allzu großen Offensive.

Könntest Du doch nur spüren, was ich spüre, dann würdest Du Dich vor Dir selbst fürchten und leise weinen, wenn Du die Nachrichten liest. Du würdest so tun, als sei alles in Ordnung und genauso weitermachen wie bisher. Doch tief in Dir drin würde es stiller und dunkler werden. Deine Sorge vor morgen größer und größer. Du würdest ahnen, dass all das, was gestern war, etwas ist, nach dem wir uns schmerzlich zurücksehnen werden, um es anders und besser gemacht zu haben. Du würdest aus einem Traum erwachen und feststellen, dass das, wovor Du Dich gefürchtet hattest, in

Wahrheit nichts weiter war, als das Unvermögen, nicht zu spüren, was ich spüre.

Könntest Du doch nur spüren, was ich spüre, dann wären wir vermutlich Freunde. Unsere Freiheit wäre unendlich und unsere Stärke grenzenlos. Leider aber hast Du Deinen Kampf längst verloren.

Cake Pop

Du siehst wunderschön aus. Süß irgendwie und echt zum Anbeißen. Dabei tust Du so, als ginge Dich all das hier gar nichts an. Nothing sweet about me, sagst Du. Stehst ganz unschuldig da und verführst dennoch nach Strich und Faden. Wer nicht aufpasst, ist verloren. Du bist so vielschichtig, hast eine Menge von dem guten Zeug. Bitte, gib mir ein Stück ab. Denn Du bist all das, was ich nicht habe. Bleib und lass uns für immer windstille Gewässer überqueren. Bleib. So schön stabil.

Lange her

Ihre Hände greifen ins Leere. Es ist nicht da. Verschwunden. Sie hebt das Kopfkissen an und da ist tatsächlich nichts. Gar nichts. Nur der knittrige Stoff des Lakens. Sie schüttelt das Kissen ein paar Mal, als erwarte sie, es könne jeden Moment aus ihm herausfallen. Hedwig weiß schon, wer es genommen hat. Nichts lässt er ihr für sich. Jetzt also nicht einmal mehr ihr Heiligstes! Immerhin hat sie noch das Funkeldings, fällt ihr ein und sie lächelt. Das Funkeldings unter ihrem Bett. Manchmal holt sie es hervor und verliert sich in dem eindrucksvollen Spiel der Farben. Sie kann sich noch genau an den Tag erinnern, an dem sie es gekauft hat. Schon lange her. Was für glückliche Stunden das gewesen waren! Sie hatte sich richtig schick rausgeputzt. Gleich nachdem er aus dem Haus gegangen war, war sie aufgesprungen, hatte sich gebadet und zurechtgemacht. Sich sogar einen Sprühstoß ihres Lieblingsparfüms gegönnt! Mit dem Bus, der direkt vor der Haustür abfuhr, war sie eigenständig in die Stadt gefahren. Den feinen Ausgehhut auf dem frisch frisierten

Kopf. »Rathaus.«, hatte sie zum Fahrer gesagt und mit dem einzigen Geld bezahlt, das er ihr nicht weggenommen hatte. Weil er nämlich gar nicht wusste, dass sie es besaß. »Kaufst ja doch nur Unsinn damit, Hedi!«, sagt er immer, wenn sie nach Geld fragt. Früher, als noch Leben im Haus war, viel Gelächter und Geklimper von poliertem Tafelsilber in weißen Porzellantassen, da war sie eine ausgezeichnete Hauswirtschafterin gewesen. Konnte gut mit Geld umgehen. Schon lange her. Sehr, sehr lange. Mit einem tiefen Seufzer setzt sich Hedwig in ihrem geblümten Nachthemd zurück aufs Bett, die nackten Füße in Pantoffeln. Umständlich zieht sie den schweren, gläsernen Würfel hervor. Das Funkeldings, ein 3-D-Briefbeschwerer, in dessen Mitte das Sternzeichen Fische zu sehen ist. Wenn man einen Schalter am Glasboden betätigt, leuchtet es dreifarbig. Es war dieses Leuchten, das Hedwig an jenem Tag magisch angezogen hatte. Im Kaufhaus hatte es so hübsch gefunkelt, dass sie den Briefbeschwerer kurzerhand ergriff. Es war egal, dass sie niemanden kannte, der vom Sternzeichen Fische war. Oder dass sie eigentlich gar keinen Briefbeschwerer brauchte. Mit unsicheren Schritten steuerte sie die Kasse an. »16,80 €!«, verkündete die Frau hinter dem Tresen und Hedwig schüttete ihr ganzes Geld aus. Wohlwollend sammelte die Kassiererin die passenden Scheine und Münzen zusammen, gab Hedwig den Rest zurück und eine Papiertüte mit dem Funkeldings darin. War das ein gutes Gefühl, mit der Tüte aus dem Geschäft zu gehen! Aber kaum war sie hinausgetreten, übernahm plötzlich der Nebel und alles verwischte. Sie weiß noch, dass sie in einen Bus gestiegen war, der Fahrer sie aber nicht mitnehmen wollte. Warum, das weiß sie nicht mehr. Als der Nebel wieder verschwunden war, stand sie zu Hause im Flur. »Was hast du dir nur dabei gedacht?«, polterte er und »Wenn was passiert wäre!« Etwas Schlimmes hatte sie getan. Aber was? Er hatte sie in ihr Zimmer zurückbugsiert, wie einen alten, klapprigen Kinderwagen. Seitdem war die Haustüre abgeschlossen und der Schlüssel verschwunden. Wie ihr Tagebuch. Hedwig legt den Kopf schief und saugt die Schönheit der Lichtstrahlen im Glasquader auf. Unten sitzt ihr Mann und liest die Geschichte einer jungen Frau, die sich ganz unsterblich in einen jungen Mann verliebt hatte. Seine Augen füllen sich mit Tränen.

Franziskus

Der Tag, an dem das Unglück seinen Lauf nahm, war der 11. Februar 2013, als Papst Benedikt XVI. überraschend seinen Rücktritt verkündete. Herrmann hatte aus lauter Fassungslosigkeit sein Benedikt-Bild vom Bücherregal auf den Schreibtisch gestellt. In direkter Nähe, so als wolle er noch mal mit ihm ins Gebet gehen, ihn umstimmen. Kaum war die Nachricht verkündet, litt er schon an Abschiedsschmerz. Zeitlebens war er ein großer Anhänger von Joseph Ratzinger gewesen. Als junger Student hatte er einige seiner Vorlesungen an der Westfälischen Wilhelms-Universität Münster besucht. Seither war er Fan. Für ihn war Ratzinger die Taylor Swift der Kirche. Der große Papst Benedikt XVI! Dann aber kam dieser Franziskus. Von Anfang an war ihm der nicht geheuer. Ihm war völlig klar, dieser Papst würde die Kirche ins Verderben schicken. Gerade jetzt in einer Zeit, in der klare Moralvorstellungen von so großer Bedeutung waren, in der es an alten Werten und Traditionen mangelte, wären ein paar Ansagen aus Rom wirklich hilfreich gewesen. Was aber musste man hören aus Vatikanstadt? Bekräftigungen des Papstes, dass Gott auch für homo-, bi- oder transsexuelle Menschen da sei. Es war diese Bischofssynode im Herbst 2014, die deutlich machte, wohin die Reise geht: Homosexuelle könnten die christliche Gemeinschaft bereichern, hatte seine Heiligkeit behauptet …

Herrmann saß am Küchentisch. Hinter ihm tickte laut die große Bauernuhr, neben ihm kühlte die Suppe ab. Das alles setzte ihm schrecklich zu. Noch vor gar nicht langer Zeit hatte er das Amt des Altardieners in seiner Gemeinde übernommen. Eine Tätigkeit, die seinem Leben neuen Schub verliehen hatte. Doch jetzt … Wie konnte es überhaupt weitergehen?

»Gott ist Vater und verleugnet keines seiner Kinder.«, so lauteten die Worte in einem Papst-Brief 2022.

Herrmann wusste nicht mehr weiter, hatte er seinen eigenen Sohn doch vor Jahren aus dem Haus geworfen, als er ihn knutschend mit einem Kerl vor dem Eingangstor erwischt hatte. Er mochte gar nicht dran denken. Kurz danach trennte sich seine Frau von ihm.

Gestern hatte der Vatikan die Erklärung Fiducia supplicans veröffentlicht. Deren Inhalt musste man sich mal vorstellen! Katholische Priester dürfen ab sofort unverheiratete, wieder verheiratete und homosexuelle Paare segnen.

»Sodom und Gomorrha!«, schrie Herrmann die Zeitung an, schlug auf den Tisch, dass die Suppe überschwappte.

Sein Sohn war inzwischen verheiratet. Also vielmehr: „verheiratet“. Die Einladung zur Feier hatte Herrmann im Kamin verbrannt. Dass seine Welt vor die Hunde ging, war vor allem dem Franziskus seine Schuld.

Empowerment

Geometrie des Lebens

Du Quadrat, ich Kreis. Wir beide gehen in direkter Linie aufeinander zu. Wir erweitern unseren Radius und da! Schon finden wir eine gemeinsame Ebene. Von nun an sind wir kollinear. Wir haben so viele Parallelen, dass wir damit einen ganzen Raum füllen könnten. Ich glaube, wir liegen uns.

Für weniger Zustimmung

Das stärkste Wort der Welt. So mächtig. Wie viel Mut es doch bedarf, es auszusprechen. Dann kommt es raus, hart und schonungslos. Kompromisse ausgeschlossen. Bei so viel Endgültigkeit will man es fast schon wieder zurücknehmen. Das stärkste Wort der Welt: Ein Nein ist eigentlich ein Ja für sich selbst.

Druck

Tick tack. Die Zeit steht niemals still. Bin immer langsamer als ich eigentlich will, hinke schwer hinterher und frag mich wieder und wieder, warum ich hier mitmache bei diesem Spiel, dessen Regeln mir gar nicht behagen. Und dann hör ich kluge Leute sagen: ein bisschen Achtsamkeit hier, etwas Meditation da und alles läuft ganz wunderbar! Probier ich aus – ist für die Katz. Nun mach ich's wie Astrid: Such mir 'nen nicen Fensterplatz, sitz einfach da. Schau vor mich hin. Und voilà: wirkt.

The Game

Bam! Da wirst Du hineingeworfen in diese Welt. Bist so unvoreingenommen, wie man nur sein kann. Fast schon vollkommen. Dann: das Leben. Es rüttelt an Dir, schüttelt Dich kräftig durch, bricht Dich unzählige Male und richtet Dich genauso oft wieder auf. Mühsam suchst Du auf Deinem Weg all die kleinen Teile von Dir zusammen. Du weißt weder, in welchem Level Du bist noch, ob Du je wieder eins wirst mit Dir. Und doch: somehow, it's fun.

izaiza

Vielfalt

Tanz auf Rosenblüten

Drei Verliebte schlendern die Fußgängerzone entlang. Hand in Hand in Hand. Ein Baby trägt Blau. Es ist ein Mädchen. Ein Junge trägt Kleid, eine Frau Kopftuch, ein Mann, der früher mal eine Frau war eine Jeans. Da ist dieses Mädchen, es spielt erstklassigen Fußball. Später wird es mal genauso gut bezahlt wie seine Brüder. Ein Vater kocht, putzt und organisiert einen Kindergeburtstag. Eine Mutter geht auf Geschäftsreise. Eine Frau ohne Idealgewicht trägt Minirock. Ein Man of Color fährt einen Mercedes in die Tiefgarage. Da drüben ist eine Frau, wow sie hat Muskeln! Ein Mann küsst einen Mann. Drei Frauen leiten einen Großkonzern. Dort drüben im Park geht jemand mit seinem Golden Retriever spazieren, weder Mann noch Frau. Irgendwo gendert wer in der Öffentlichkeit.

Und keinen interessiert's.

Rot Orange Gelb Grün Blau Lila

Die Welt ist bunt. Daran wirst Du nichts ändern können, also komm mal klar. Das pulsierende rote Herz des Lebens. Die orange leuchtende Kraft der Zuversicht. Die Energie der gelben Sonne. Das friedvolle Grün der Mutter Erde. Die Klarheit in der Weite des Blaus. Die Farbe Lila für die unauslöschliche Macht, alles zum Schönen wenden zu können. Gegen Dein braunes Gedankengut. Ich wünsch Dir 'nen Regenbogen mitten durchs Herz!

Liebe geht raus

Wir sind viele und fluten die Stadt. Jeder für sich und doch gemeinsam für die eine Sache, die uns hier zusammentreibt. Der Himmel grau – die Herzen bunt und deutlich schneller schlagend. Denn jetzt merken wir, was uns verbindet. Wir sind gewaltig, ohne gewalttätig zu sein. Wir proben den Aufstand, aber den friedvollen. Unsere mächtigste Waffe tragen wir in uns: Menschlichkeit kann so brutal lebensrettend sein.

Come as you are

Manchmal bist Du aufbrausend. Oft eingeschnappt. Du bist nachtragend, nicht sonderlich kritikfähig und hin und wieder übellaunig. Deine Hüften sind zu breit, sagst Du und Deine Lippen zu schmal. Mit Zahlen kannst Du gar nicht und Deine größte Kompetenz liegt im Zuspätkommen. In Diskussionen bekleckerst Du Dich selten mit Ruhm und Du bist der Prototyp von Mittelmäßigkeit. All das ist mir egal, denn wenn Du den Raum betrittst, sehe ich nur eins: einen wunderbaren Menschen.

Heimat ist da, wo Du Wurzeln schlagen kannst

Guten Tag,
mein Name ist Victoria. Ich bin 17 Jahre alt. Meine letzten neun Jahre waren wunderbar! Und das sind immerhin mehr Jahre als die Hälfte meines Lebens. In dieser Zeit habe ich Freundschaften geschlossen, das Seepferdchen geschafft, 245 Pokémon-Karten gesammelt und im Chor gesungen (mit dem ich insgesamt zwölfmal vor Publikum aufgetreten bin). Ich habe mich im Judo, Hip-Hop und Basketball versucht (das war alles nichts für mich, aber dafür hat sich herausgestellt, dass mein Zwillingsbruder Victor ein echtes Fußball-Naturtalent ist). Ich habe Zeitungen ausgetragen und in einer Eisdiele ausgeholfen, um mir etwas dazuzuverdienen. Denn nichts wünschte ich mir so sehr wie mit meinen beiden Freundinnen einmal Urlaub an der Adriaküste zu machen. Ich lebte mit meinen zwei Schwestern, meinem Bruder und meiner Mutter in einer kleinen hübschen Wohnung ganz im Süden des Landes. Und verglichen mit anderen Familien

der Gegend hatten wir wahrscheinlich wenig Platz. Aber das war uns egal, wir mochten unser Zuhause.

Doch eines Nachts kamen Polizisten in unsere Zimmer gestürmt, haben uns geweckt und gesagt, dass wir unsere Sachen packen sollen. Nur so viele wie in unsere Taschen passen. Im Flur haben sie uns Handschellen angelegt. Und dann waren diese neun wunderbaren Jahre plötzlich vorbei.

Heute leben wir in Nigeria, in Benin-Stadt. Wir kennen hier niemanden, alles und jeder ist uns fremd. Wir wohnen in einem kleinen, baufälligen Haus. Wenn es regnet, tropft das Wasser durch die Küchendecke. Manchmal werden wir von Leuten mit Waffen bedroht. Ich glaube, die meisten Menschen in Deutschland wissen gar nicht, dass die durchschnittliche Lebenserwartung in Nigeria nur 53 Jahre beträgt. Das ist eine der niedrigsten auf der ganzen Welt. Hier wird mehr Geld für Waffen ausgegeben als für das Bildungs- oder das Gesundheitssystem. Viele Kinder leben ohne Vater, weil die Männer oft in Kämpfen getötet werden. Niemand von uns fühlt sich hier wohl. Ich vermisse meine Freunde und mein Zuhause. Ich vermisse sogar die Ampeln. Das, was wir in den letzten neun Jahren hatten, war wie ein tolles Geschenk, das man wieder hergeben muss … Wir hatten Sicherheit, wir hatten einen Plan für unsere Zukunft, wir hatten eine Heimat. Das Einzige, das wir nicht hatten, war: Bleiberecht in Deutschland.

****

Dieser Brief ist frei erfunden. Er könnte aber auch wirklich so geschrieben worden sein, denn sowohl die Personen als auch die Geschehnisse rund um die Abschiebung nach Nigeria beziehen sich auf eine wahre Begebenheit.

Quellen:
http://tinyurl.com/Spiegelstory1
http://tinyurl.com/Spiegelstory2

#BringThemBack

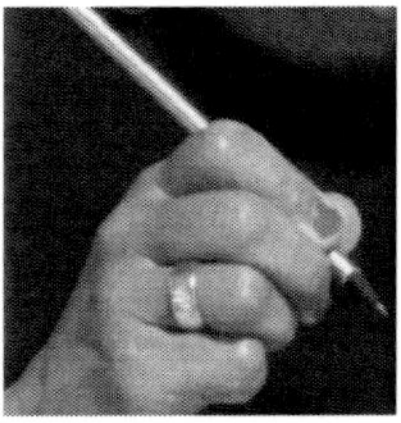

DIANA DUA

Diana Dua wuchs in Rheinland-Pfalz auf. Nach dem Studium der Literaturwissenschaften, Medienwissenschaften und Geschichte machte sie (nicht überraschend) was mit Medien. Seit 2011 ist sie als freiberufliche Texterin in Hamburg tätig. Dort kreuzte sich auch ihr Weg mit der Künstlerin und Grafik-Designerin IZAIZA. Beide verbindet nicht nur eine lange Freundschaft, sondern auch die Freude an gemeinschaftlichen Kreativprojekten.

Loved this book?
Why not write your own at story.one?

Let's go!